15 avril 1899

COLLECTION

M. Alfred HARTMANN

ANTIQUITÉS

VENTE APRÈS DÉCÈS

Collection de M. Alfred HARTMANN

CATALOGUE

DES

ANTIQUITÉS

Poterie étrusque, grecque et romaine

Terres cuites   Verrerie   Bronzes   Marbre

Médailles grecques, romaines et byzantines

DONT LA VENTE AURA LIEU

HOTEL DROUOT, Salles Nᵒˢ 5 et 6

Le Samedi 15 Avril 1899

à quatre heures

EXPOSITIONS : SALLES Nᵒˢ 5. 6. 7 ET 8

PARTICULIÈRE	PUBLIQUE
Le Lundi 10 Avril 1899	**Le Mardi 11 Avril 1899**

de une heure et demie à cinq heures et demie

Entrée par la rue Grange-Batelière

Mᵉ G. COULON   **Mᵉ G. DUCHESNE**

COMMISSAIRE-PRISEUR   COMMISSAIRE-PRISEUR

12, rue de la Victoire, 12   6, rue de Hanovre, 6

MM. C. ROLLIN et FEUARDENT

EXPERTS

4, rue de Louvois, 4

1899

CE CATALOGUE SE DISTRIBUE

à Paris, chez :

Mᵉ G. COULON
COMMISSAIRE-PRISEUR
12, rue de la Victoire, 12

Mᵉ G. DUCHESNE
COMMISSAIRE-PRISEUR
6, rue de Hanovre, 6

MM. C. ROLLIN et FEUARDENT
EXPERTS
4, rue de Louvois, 4

CONDITIONS DE LA VENTE

Elle sera faite au comptant.

Les acquéreurs payeront *cinq pour cent* en plus du prix d'adjudication.

ANTIQUITÉS

I

POTERIE

ÉTRUSQUE, GRECQUE ET ROMAINE

1 — Canthare étrusque en *bucchero* noir, sans décor autre qu'un rang
de hachures sur l'arête qui entoure le bas de la coupe. Anses
surélevées.

> Haut. : 0ᵐ.10. Diam. : 0ᵐ.146.

2 — Aiguière étrusque en *bucchero* noir, le goulot trilobé.

> Haut. : 0ᵐ.14.

3 — Grande hydrie d'ancien style. — Tableau : Bacchus barbu, tourné à
droite vers *Mercure* qui le précède en retournant la tête. Mercure tient
son caducée et porte un chapeau blanc à larges bords pourpres;
Bacchus, couronné de lierre, a ses attributs ordinaires : un canthare et
un cep de vigne. Derrière ce groupe, deux Satyres dansant, dont l'un
joue de la cithare; devant, une Bacchante dansant, tenant, elle
aussi, un cep de vigne.
  Bordure de lierre.
  Sur le col : *Hercule* et *Iolaos* combattant l'hydre de Lerne. Derrière

Hercule, Minerve, sa protectrice ; derrière Iolaos, Mercure, s'éloignant à grands pas.

Sous le tableau, une frise de cinq cavaliers nus, tenant chacun deux lances.

Trouvée en Étrurie.

Hauteur : 0^m,48. — Noir sur fond orangé ; rehauts blanc et pourpre ; détails gravés ; graffite sous le pied.

4 — Grande hydrie à tableau. — Le tableau représente un char attelé de deux chevaux. Un homme nu et barbu est sur le point d'y monter ; déjà il a saisi les guides ; il porte son manteau, plié, sur l'épaule gauche. Au second plan, on voit l'aurige, debout à droite, vêtu d'un long chiton blanc, la barbe rouge. Un autre homme nu est placé devant les chevaux et les retient par les naseaux. Enfin, un cheval de course se trouve à côté du char, sous la garde d'un homme nu, à la barbe noire.

L'épaule du vase est ornée d'un sujet mythologique : *Hercule conduisant Cerbère enchaîné*. Minerve et Iolaos marchent derrière Cerbère, qui n'a que deux têtes ; Mercure le précède en se retournant, et, devant Mercure, une femme debout fait un geste d'étonnement.

Le tableau principal est bordé de feuilles de lierre ; dans le bas, il y a une frise d'animaux : deux lions et trois sangliers.

Beau style archaïque et exécution très fine. — Graffite sous le pied.

Trouvée en Étrurie.

Noir sur jaune orangé ; rehauts blancs et rouges. — Hauteur : 0^m,45.

5 — Amphore *dite* tyrrhénienne. — Sur le devant : un guerrier (*Achille*) et son conducteur de char (*Automédon*) dans un quadrige tourné à droite. Vêtu d'un long chiton blanc, le conducteur tient les guides et l'aiguillon ; Achille est armé de deux lances, d'une épée, d'un bouclier rond et d'un casque qui s'enfonce jusqu'aux épaules.

Au revers : *Ajax rapportant du champ de bataille le corps d'Achille*, non encore dépouillé de ses armes. Le bouclier du mort a pour épisème un grand masque de Silène en relief, la bouche ouverte. Ajax court vers la gauche, accompagné d'un chien ; il est armé de deux lances, d'un bouclier béotien (*épisème : masque de Phobos*), et sa tête se dissimule sous un casque à cimier. Le vieillard, debout

devant le groupe, est le précepteur d'Achille, *Phœnix*; la femme,
placée du côté opposé, est *Briséis*.

Doubles palmettes sur le col; graffite sous le pied.

Ancien style.

Haut. 0",114. — Noir sur fond orangé; rehauts blanc et pourpre; détails
gravés.

6 — Amphore *dite* tyrrhénienne. — Face antérieure : *Ajax* portant
sur son épaule le corps inanimé d'*Achille*. Devant, comme sur le
n° 5, un vieillard, *Phœnix*, appuyé sur un bâton; derrière, un hoplite
armé d'un bouclier rond *épisème*; un bucrâne et, tourné à droite, un
archer en costume phrygien, probablement *Pâris*. Un masque de
Pholos entre deux serpents enroulés forme l'épisème du bouclier
béotien d'Ajax.

Revers : *L'Émigration d'Énée*. La femme qui précède le cortège,
avec un geste de désespoir, est Vénus. Énée porte sur son dos le
vieil Anchise qui tient un bâton et retourne la tête en arrière; il est
accompagné d'un chien et suivi d'un hoplite, le *fidus Achates*.

Doubles palmettes sur le col du vase; graffite sous le pied.

Ancien style.

Haut. 0 .43. — Noir sur fond orangé; rehauts blanc et pourpre; détails
gravés.

7 — Aiguière d'ancien style, à tableau. — Le tableau, peint sur fond blanc,
a pour sujet Bacchus barbu, debout entre deux Satyres dansant. Vêtu
d'une tunique talaire et d'un manteau, la tête couronnée de lierre,
le dieu tient son canthare et un cep de vigne.

Sous le pied, un graffite : TΛ dhès HB. — Fabrique *dite* de
Locres.

Peinture noire à rehauts pourpres. — Haut. : 0 .25

8 — Lécythe. — Bacchus barbu, couché à gauche sur un lit de repos;
derrière lui, un Satyre; devant, une Bacchante et un autre Satyre. —
Décadence de l'ancien style.

Noir sur fond rouge, rehauts pourpres. — Haut. 0 .24.

9 — Lécythe d'ancien style, représentant le *Meurtre de Priam*. — Un
héros grec (*Néoptolème*), nu, barbu, le casque en tête, marche à
grands pas vers la droite en tirant son épée du fourreau. Devant lui, on

voit l'autel de Jupiter *herkeïos*, peint en blanc, et, sur cet autel, un vieillard drapé (*Priam*), au front chauve, est assis sur un pliant. — Dans le champ, branches de lierre, et, de chaque côté du tableau, deux palmettes.

Haut. : 0ᵐ,242. — Noir et blanc sur fond rouge orangé; détails gravés.

10 — Lécythe à fond blanc. — Cavalier grec combattant un hoplite. L'hoplite porte un bouclier; le cavalier tient deux lances; leurs casques couvrent la tête tout entière, ne laissant apparaître que les yeux et la barbe.
Ancien style; fabrique *dite* de Locres.

Haut. : 0 ,243. — Le tableau seul est peint en noir, sur fond blanc, avec rehauts rouges; l'épaule est ornée de palmettes noires sur fond rouge.

11 — Lécythe blanc. — Sujet (peint en noir) : Bacchus barbu, allant à grands pas vers la droite, la tête tournée en arrière. Vêtu d'un chiton blanc brodé et d'un manteau, il tient un cep de vigne et un canthare (peint au trait). Il est suivi du bouc bachique et précédé d'un petit Silène qui joue de la double flûte. — Ancien style grec; fabrique *dite* de Locres.

Haut. : 0 ,245. — Sur l'épaule du vase, palmettes noires sur fond rouge.

12 — Petite coupe munie d'un couvercle. — Décor (noir sur rouge) : sur le couvercle, un calice de fleur aux pétales allongés, le pistil remplacé par un bouton fait au tour; sur la coupe, une frise de Σ et un rang de folioles. — Ancien style.

Diam. : 0 ,055.

13 — Cratère *oxybaphon*. — Sur chaque face, trois palestrites drapés et couronnés de bandelettes pourpres. Deux s'appuient sur des bâtons noueux, un autre à la tête voilée.

Haut. : 0 ,265. — Figures rouges sur fond noir. — Palmettes sous les anses.

14 — Même forme. — Sur le devant : un éphèbe, en costume de voyage, debout entre une femme qui lui présente une coupe et un homme âgé appuyé sur un bâton. Au revers, trois palestrites.

Haut. : 0ᵐ,244. — Rouge sur noir. Couronne de laurier au-dessous de l'orifice.

15 — *Ascos* à goulot oblique, l'anse surélevée. — Sujet rouge sur fond noir : lièvre poursuivi par un chien. — Beau style grec.

    Trouvé à Arsinoé de Chypre.

Diam. : 0^m.087.

16 — Même forme et même style. — Sujet : Jeune Satyre nu, couché sur le sol, à plat ventre, et cherchant à se relever à la vue d'un sanglier qui fond sur lui. Sa main gauche repose sur un objet plat, peint en pourpre.

    Même provenance.

Diam. : 0 ,092

17 — Canthare. — Panse surbaissée ; vernis noir luisant ; au sommet du piédouche, une moulure se détachant en noir sur deux bandeaux jaunes. — Campanie.

Haut. : 0 ,105. — Diam. : 0 ,108

18 — Petit lécythe à vernis noir luisant. Panse godronnée et poinçonnée de petites palmettes. — Campanie.

Haut. : 0 ,113.

19 — Aiguière à combat trilobé. — Sujet : Hermaphrodite ailé, debout à droite devant une femme assise sur un rocher et lui présentant une couronne et un panier. La femme tient un plateau et une guirlande de fleurs. L'anse du vase, cannelée et surélevée, est amortie par deux jolis masques de femmes en relief. — Apulie.

Rouge, blanc et jaune sur fond noir. — Haut. : 0 ,29.

20 — Canthare. — Sur l'une des faces : Hermaphrodite ailé, assis à gauche sur un rocher et tenant une pyxis et une feuille de lierre ; sur l'autre : une femme assise, avec miroir, collier et éventail.

    Anses surélevées, amorties par deux feuilles d'acanthe et deux mascarons de femmes.

Rouge, blanc et jaune sur fond noir. — Haut. : 0^m.226.

21 — Belle hydrie cannelée et ornée de dorures.

Le corps du vase est d'un galbe très pur, et les cannelures sont d'une finesse remarquable. A la base du col, un petit collier à pendentifs en relief doré ; autour de l'orifice, une frise de godrons dorés ; moulures d'or à la naissance des anses.

Trouvée en Campanie.

Haut. : 0ᵐ,40. — Vernis noir luisant.

22 — Aiguière cannelée, de forme très élégante. — Autour du col, une branche de lierre en fleur ; anse à nervure, amortie, dans le haut, par une petite tête de lion en ronde bosse ; embouchure tréflée. Les cannelures de la panse se présentent en deux frises séparées par un ruban qui a pour décor une ligne dentelée jaune entre deux ourlets blancs.

Haut. : 0ᵐ,22. — Jaune et blanc sur fond noir.

23 — Tasse finement cannelée. Autour de l'orifice, deux branchettes de lierre en fleur ; sur le pied, un grènetis ; anses bifides et surélevées. — Apulie.

Jaune et blanc sur fond noir. — Haut. : 0ᵐ,20. Diam. : 0ᵐ,107.

24 — Tasse ornée, sur le devant, de pampres et de raisins. — Anses horizontales. — Apulie.

Rouge, blanc et jaune sur fond noir. — Haut. : 0ᵐ,105.

25 — Lampe romaine. — Cocher de cirque conduisant un bige au galop. — Poignée triangulaire ornée d'une feuille d'acanthe.

Long. : 0ᵐ,155.

26-27 — Deux lampes grecques trouvées à Éphèse en 1875. — Décor : palmette, rinceaux et rondelles.

Long. : 0ᵐ,095 et 0ᵐ,115.

TERRES CUITES

28 — Déesse d'ancien style, debout, coiffée d'un calathus, vêtue d'un
chiton talaire à plastron, les bras pendants.
Trouvée à Thèbes (Béotie).

Haut. : 0^m.235.

29 — Grande figurine de femme drapée et voilée, tenant à sa main
gauche abaissée un éventail en forme de feuille. Chiton bleu et blanc,
manteau rouge, soulier jaune à semelle rouge, le coloris bien con-
servé. — Tanagra.

Phototypie, pl. I.

Haut. : 0^m.33. — Base plate.

30 — Grande figurine de femme drapée et voilée, debout à gauche. Sa
main gauche abaissée, couverte du manteau, tient un éventail; son
bras droit nu se relève et la main fait le geste d'une personne qui
parle. Chiton bleu, manteau rouge, capeline, boucles d'oreilles dorées,
souliers blancs. — Tanagra.

Phototypie, pl. I.

Haut. : 0^m.31. — Base plate.

31 — Jeune fille de Tanagra, debout, nu-tête, tout enveloppée d'une
draperie qui prend étroitement les contours du corps. Posée de face,
elle tourne sa tête vers la droite du spectateur; son bras gauche s'appuie
sur la hanche, ses cheveux sont ceints d'une bandelette jaune (dorée).
Chiton rose tendre, manteau blanc.

Phototypie, pl. II.

Haut. : 0^m.23. — Base plate.

3

32 — Jeune femme assise à gauche sur un rocher, la tête tournée de
face, voilée et coiffée d'un chapeau à pointe. Son bras droit, abaissé,
se dissimule sous la draperie; son bras gauche, nu, se replie, et sa
main gauche saisit le voile. Le visage est finement modelé et colorié;
le chapeau, orné de cercles en relief, est peint en rouge et en blanc.
— Tanagra.

Phototypie, pl. II.

Haut. : 0ᵐ,21. — Base plate.

33 — Jeune Tanagréenne debout, le bras droit appuyé sur une colonnette.
Coiffée d'un foulard et parée de bijoux, elle tient à sa main gauche
un éventail en forme de feuille. La tête, d'une beauté classique, se
détourne un peu du spectateur.

Phototypie, pl. II.

Haut. : 0ᵐ,23. — La colonnette est peinte en gris. Base plate.

34 — Jeune fille debout, coiffée d'un foulard, vêtue d'un chiton bleu à
bordure blanche et d'un manteau rouge, chaussée de souliers rouges
et parée de boucles d'oreilles. Elle est debout, la tête un peu tournée
de côté, les bras sous la draperie, qui dessine bien les formes du corps.
La tête est modelée avec soin. — Tanagra.

Phototypie, pl. III.

Haut. : 0ᵐ,20. — Base plate.

35 — Jeune fille couchée, croisant les jambes et s'accoudant sur un
rocher. Elle se regarde dans un miroir. Costume habituel des femmes
de Tanagra, les bras et le sein droit à découvert; traces de couleur
jaune, c'est-à-dire de dorure, sur les boucles d'oreilles et les agrafes
du chiton; dans les cheveux, une bandelette qui retombe, plissée, sur
les épaules.

Phototypie, pl. III.

Haut. : 0ᵐ,14. Long. : 0ᵐ,22. — Coloration usuelle, base plate.

36 — Jeune fille debout, les bras abaissés et les mains jointes. Chiton
rose pâle et manteau bleu. — Tanagra.

Phototypie, pl. III.

Haut. : 0ᵐ,188. — Base plate.

37 — Très belle figurine de Tanagra, représentant une jeune femme debout, coiffée d'une sphendoné, parée de boucles d'oreilles, le bras droit sur la hanche, un éventail à la main gauche abaissée. Son costume se compose d'un chiton blanc, échancré sur la poitrine, et d'un manteau rose, qu'elle porte comme un shawl, sur le dos et les bras. Sa tête se tourne vers la droite du spectateur.

Phototypie, pl. IV.

Haut. : 0m.24. — Base plate.

38 — Jeune fille assise, de face, sur une pierre carrée, et tenant à sa main gauche une baguette, probablement une flûte. Sa tête se détourne et se penche légèrement, ses cheveux sont retenus par un ruban faisant deux tours, son bras droit est nu, de même que l'épaule et les mains. — Tanagra.

Phototypie, pl. IV.

Haut. : 0m,15. — Coloration usuelle, base plate.

39 — Femme debout, encapuchonnée dans son manteau et tenant à la main gauche une boîte à miroir, ouverte. Chiton blanc, rayé de rouge. Par-dessus le voile qui couvre la bouche et le menton, une capeline de forme oblongue, repliée par derrière. — Tanagra.

Phototypie, pl. IV.

Haut. : 0m.23. — Base plate.

40 — Jeune fille assise à droite sur un rocher. Elle est nu-tête, parée de boucles d'oreilles et toute enveloppée d'un manteau, sous lequel se dissimulent les bras et les mains. La coloration de la tête est très fraîche. — Tanagra.

Phototypie, pl. V.

Haut. : 0 ,16. — Pas de base.

41 — Grande figurine de femme diadémée, parée de bijoux d'or, le bras droit pendant sous la draperie, l'autre replié et relevant le manteau. Chiton bleu et blanc, manteau rose tendre à bordure brun foncé. — Tanagra.

Phototypie, pl. V.

Haut. : 0m,28. — Le visage est peint en blanc. Base plate.

42 — Jeune Tanagréenne debout, drapée dans un manteau bleu et un chiton blanc bordé de bleu.

Phototypie, pl. V.

Haut. : 0^m,21. — Base plate.

43-44 — Deux petites têtes de jeunes filles coiffées de couronnes de fleurs. Traces de dorure. — Smyrne.

Haut. : 0^m,039.

45 — Tête d'enfant, d'un très beau modelé. Traces de dorure. — Smyrne.

Haut. : 0^m,035.

46 — Petite tête de Vénus diadémée, penchée à droite, avec un bijou au milieu du front. Restes de dorure. — Smyrne.

Haut. : 0^m,048.

47 — Tête d'adolescent. — Smyrne.

Haut. : 0^m,047.

48-50 — Trois petites têtes de jeunes filles, à coiffures variées. Traces de dorure. — Smyrne.

Haut. : 0^m,039 à 0^m,052.

III

VERRERIE

51 — Petit amphorisque en verre bleu lapis, incrusté de pâtes opaques. Le décor, jaune et bleu turquoise, forme une élégante frise de denticules bordée de cercles. Deux anses de suspension, l'une bleu foncé, l'autre jaune. L'orifice et le bouton qui amortit la pointe sont cernés de fils jaunes.

Haut. : 0m,070.

IV

BRONZES

52 — Terme de Bacchus barbu, imitation d'un ouvrage grec d'ancien style. — La barbe est taillée en pointe, les yeux sont évidés, le chignon descend jusqu'au milieu du dos. Il est probable que le bronze a servi de manche d'outil, ce qui expliquerait l'ablation du haut du crâne. De la couronne de lierre qui ceignait les tempes de Bacchus, il ne subsiste que deux feuilles et les lemnisques retombant sur les épaules. — Base moulurée.

Haut. : 0 .169. — Belle patine noire.

53 — Homme imberbe, debout, les bras avancés symétriquement vers le spectateur. Il est vêtu d'une tunique courte et d'un manteau jeté sur l'épaule droite. La figurine doit représenter un adorant, et ses mains, fermées, tenaient des offrandes. Aux bords du manteau sont cousues six pattes qui servaient à le boutonner. — Style étrusque.

Haut. : 0 .118. — Patine noire, fonte pleine.

54 — Petite tête radiée d'Hélios de Soleil, un peu penchée à gauche, les cheveux relevés sur le front et disposés en grosses touffes. La couronne avait sept rayons, dont il ne subsiste plus que deux. — Beau style grec.

Haut. 0 .062. — Patine noire, socle en albâtre fleuri.

55 — Cheval passant ; bronze étrusque d'ancien style.

Haut. : 0 .068. — Patine verte.

56 — Petit masque d'acteur comique, la bouche en entonnoir.

Haut. : 0 .020.

57 — Miroir étrusque gravé. — *Pélée*, debout à droite, retenant *Thétis* qui veut s'enfuir. La jeune fille, munie de deux grandes ailes et vêtue d'une tunique transparente, est placée de face, le bras gauche pendant, le genou gauche plié. Pélée, coiffé d'un chapeau, n'a pour vêtement qu'une chlamyde. Deux légendes étrusques : *pele* de gauche à droite et *thethis* de droite à gauche.

Diam. : 0 ,135. — Couronne de feuilles en bordure ; rinceaux dans le champ et sur le manche, qui est amorti par une tête de chien de chasse. Au revers, un lion couché en ronde bosse, appliqué par le restaurateur qui a ressoudé le manche.

58 — Grand anneau palestrique, trouvé en Ombrie. — Tige en fonte pleine, entrecoupée de six boutons moulurés.

Diam. : 0 ,175.

59 — Fibule étrusque d'ancien style. — Type dit *à la navette*, fonte pleine ; hachures formant des bandeaux plus ou moins espacés.

Long. : 0 ,075. — La coquille manque.

60 — Poinçon de briquetier grec, en forme de semelle. Légende : NIAOU, les lettres en relief dans une aire creuse.

Long. : 0 ,077.

61 — Simpule étrusque, le manche très long, à section barlongue, et amorti par un col de cygne.

Long. : 0 ,29.

62 — Lampe. — Le tour de la cuvette est orné de points-bas, une tête d'animal remplace la poignée. Deux anneaux de suspension.

Long. : 0 ,12.

63 — Très petit rhyton terminé par une protome de chèvre, attribut d'une figurine de Lare romain.

Haut. : 0 ,042.

64 — Anneau de situle avec son attache cordiforme.

Haut. : 0 ,065.

65 — Plaque de bronze en fonte pleine (surmoulé moderne). — Sujet en relief : Mithras sacrifiant le taureau.

Haut. : 0 ,143. Larg. : 0 ,172

V

MARBRE

66 — Très joli petit torse de Vénus en marbre de Paros. On voit que la déesse, au sortir du bain, levait son bras droit pour se peigner. Toute la surface de la figurine est couverte d'une couche de cire antique. — Beau style grec.

Haut. : 0^m,16.

VI

MÉDAILLES GRECQUES

67 — SICILE. Tête de Cérès à gauche, coiffée d'épis et parée d'un collier.
℟ Cheval debout à droite. — Statère en or pâle ⁴ ½. — Huit exemplaires.

68 — MARONÉE (Thrace). Tête de Bacchus jeune, couronnée de lierre.
℟ ΔΙΟΝΥΣΟΥ ΣΩΤΗΡΟΣ. Bacchus debout, tenant une grappe de raisin et deux javelots. ΜΑΡΩΝΙΤΩΝ. — AR¹¹.

69 — LYSIMAQUE. Tête munie d'une corne de bélier. ℟ ΒΑΣΙΛΕΩΣ
ΛΥΣΙΜΑΧΟΥ. Minerve nicéphore assise à gauche. — AR⁸.

70 — ALEXANDRE-LE-GRAND. Tétradrachme de style barbare, frappé à Mesembria. — AR³.

71 — Drachme. AR⁴. — Quatre exemplaires variés.

72 — PHILIPPE III. Tétradrachme frappé à Acanthe. — AR⁶.

73 — Drachme. AR⁴. — Deux pièces variées.

74 — HISTIÉE. Tête de Bacchante. ℟ ΙΣΤΙΑΙΕΩΝ. Nymphe assise sur une proue de navire. — AR³. — Six pièces.

75 — ATTALE Iᵉʳ. Tête diadémée. ℟ ΦΙΛΕΤΑΙΡΟΥ. Minerve assise à gauche, tenant une lance et un bouclier. A sur le siège. — AR⁸.

76 — ASPENDUS. Deux lutteurs. ℟ Dans un carré creux : ΕΣΤΡΕΔΙΙΥ[Σ]. Frondeur debout à droite ; triquètre dans le champ. — AR⁶.

VII

MÉDAILLES ROMAINES

77 — NÉRON. ὲ Rome nicéphore assise à gauche. Exergue : ROMA.
— GB.

78 — Grands bronzes du PADOUAN : César, Auguste, Tibère, Caligula,
Claude, Galba, Othon, Vitellius, Vespasien, Domitien, Nerva, Trajan,
Hadrien, Aelius César, Antinous, Faustine mère, L. Vérus, Albin et
Macrin. — Vingt-sept pièces.

VIII

MONNAIES BYZANTINES
EN OR

79 — Maurice-Tibère. ⚮ VICTORIA AVGVSTORVM. — Tiers de sou d'or; variété de Sabatier, pl. 24, 12.

80 — Constantin (dit Constant II). Sou d'or; variété de Sabatier, pl. 32, 5 (la barbe très longue et en éventail). Différent : C (ou rien). — Dix pièces.

81 — Demi-sou d'or (pl. 36, 10). DN CONSTANTINUS PP AV. Buste drapé et diadémé, à droite. ⚮ VICTORIA AVGU Θ (ou Θ). Croix pattée sur un globe. Différents : C et I. — Douze pièces.

82 — Tiers de sou d'or. DN CONSTANTINUS P AV. Même buste. ⚮ Même légende. Croix pattée. Différents : A, C, Θ, I. — Quarante-sept pièces.

83 — Constant II et Constantin Pogonat. Sou d'or (Sabatier, pl. 34, 2). DN CONSTANTINUS CONSTANTINU (ou — TNU). ⚮ AVGU ΘI (ou ΘIX). Différent : A, C, Θ. — Dix-huit pièces.

84 — Michel II et III. Demi-sou d'or. — Deux pièces.

12651. — Lib.-Imp. réunies, rue Saint-Benoît, 7. Paris

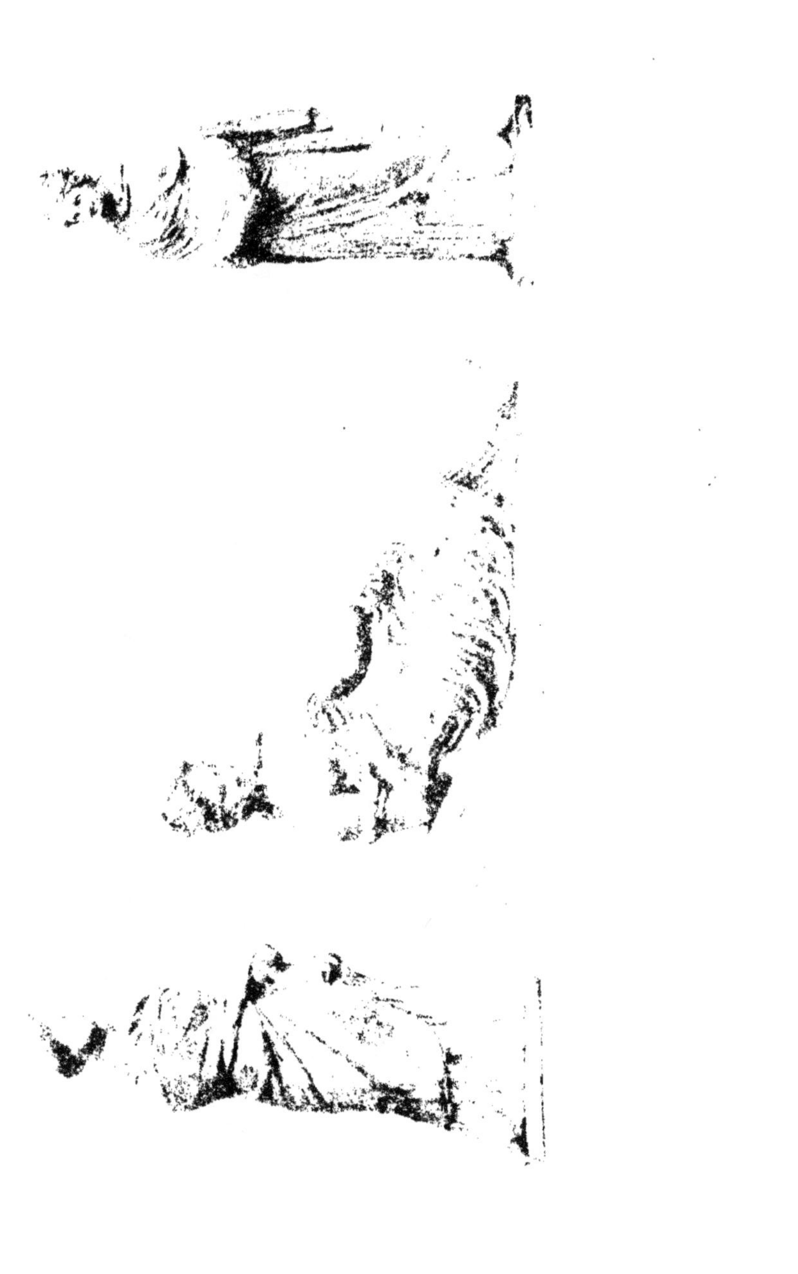

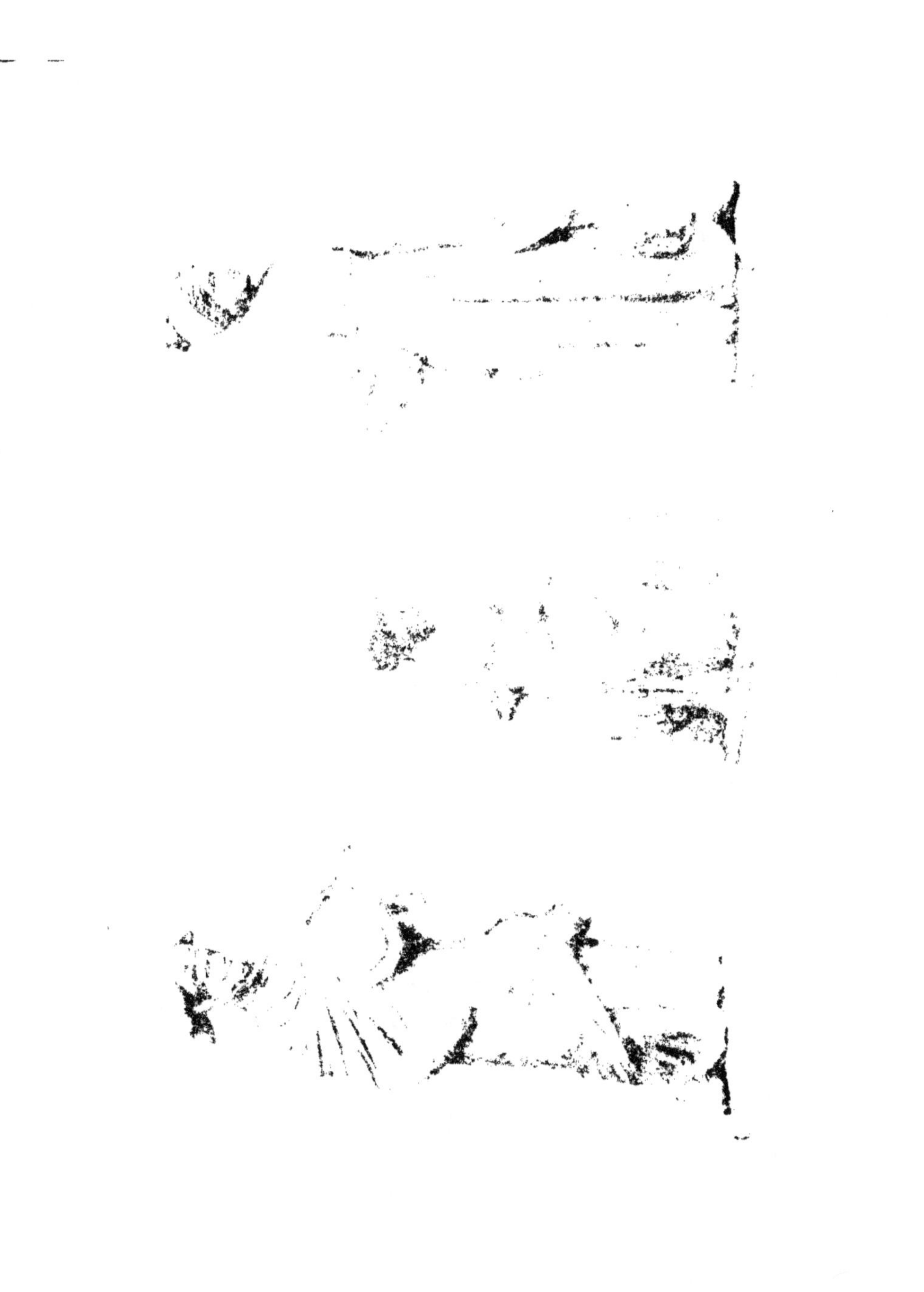

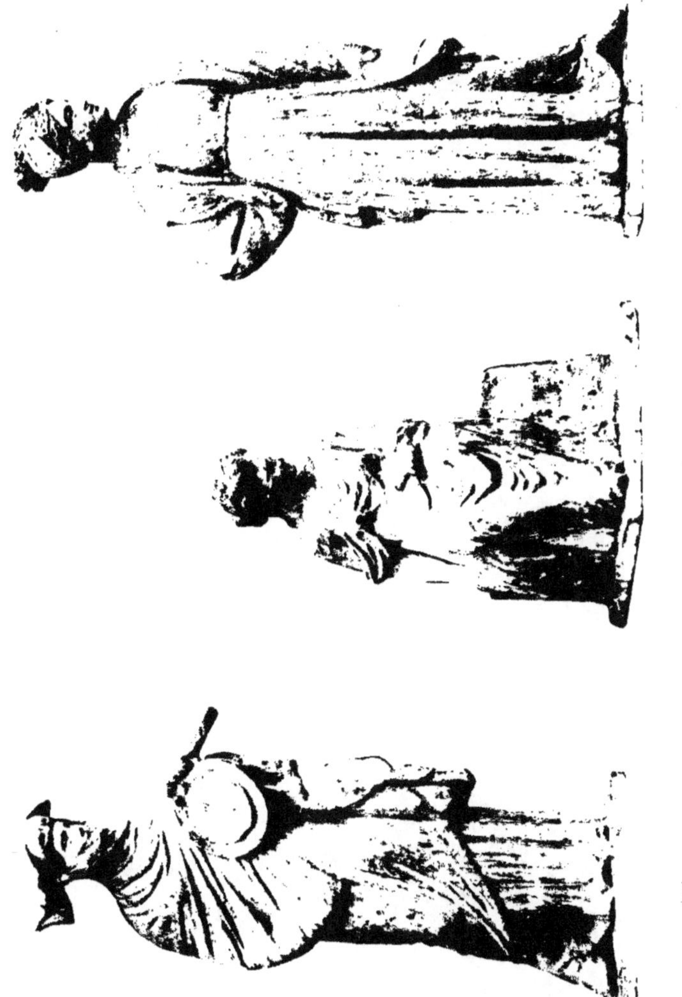

PL. IV

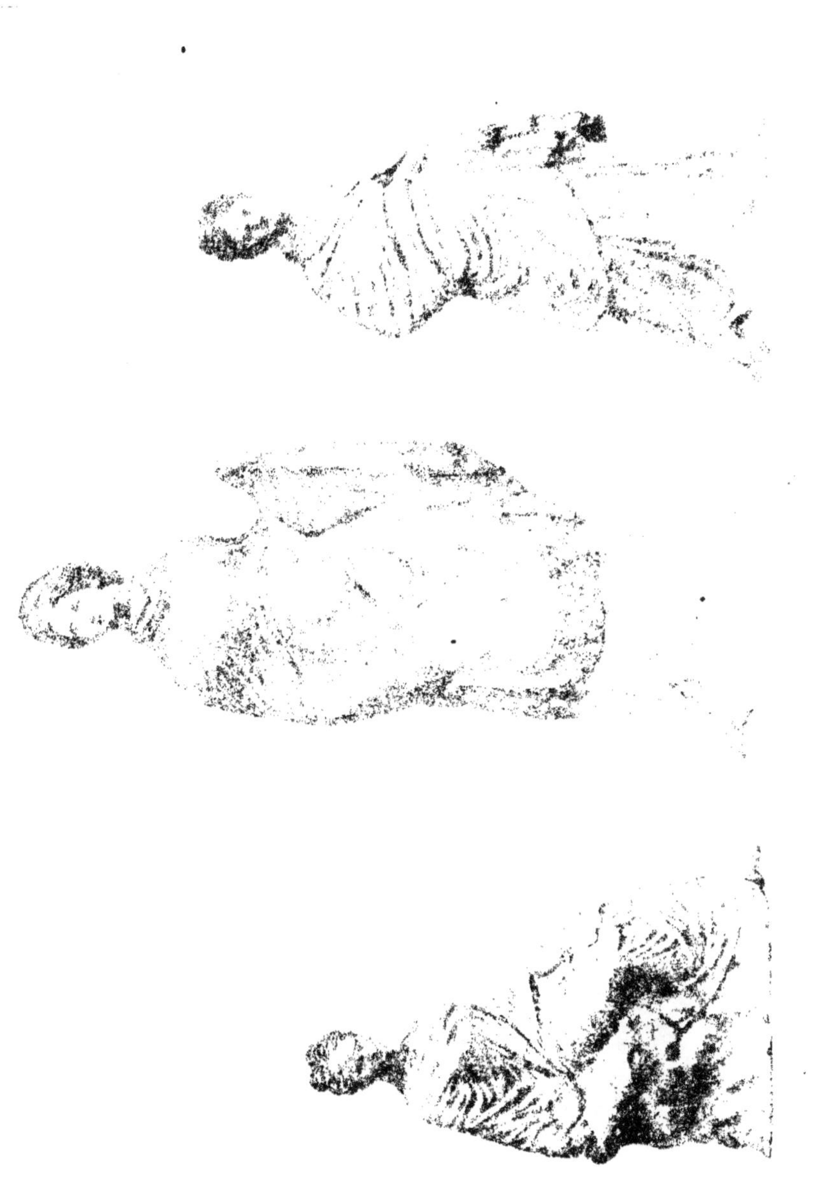

Imp. Lith. D.A. Longuet.